冰狂

花儿 著

天津出版传媒集团
百花文艺出版社

图书在版编目（CIP）数据

冰狂 / 花儿著. -- 天津：百花文艺出版社，2023.6
ISBN 978-7-5306-8595-2

Ⅰ. ①冰… Ⅱ. ①花… Ⅲ. ①诗集—中国—当代 Ⅳ. ① I227

中国国家版本馆 CIP 数据核字 (2023) 第 125517 号

冰狂
BING KUANG
花儿　著

出 版 人：薛印胜
责任编辑：魏　青　　装帧设计：优盛文化
出版发行：百花文艺出版社
地址：天津市和平区西康路 35 号　　邮编：300051
电话传真：+86-22-23332651（发行部）
+86-22-23332656（总编室）
+86-22-23332478（邮购部）
主页：http://www.baihuawenyi.com
印刷：河北万卷印刷有限公司
开本：880 毫米 ×1230 毫米　1/32
字数：145 千字
印张：7.25
版次：2023 年 6 月第 1 版
印次：2023 年 6 月第 1 次印刷
定价：68.00 元

如有印装质量问题，请与河北万卷印刷有限公司联系调换
地址：河北省石家庄市栾城区裕翔街未来科技城165号1区8号楼B座一层
电话：18503236313　邮编：051430

花儿的诗

李犁

花儿写诗就像绣花，不论是大漠山川，还是读一首诗、喝一杯水，她都用她的激情和智慧，将它们雕刻成花——清丽、疏朗，并濡染上人的深情和灵气，让人在千里之外，隔着电脑屏幕，也能嗅到它们的芬芳，甚至被深深感染。

看似她写的是目见的风景和遇到的事，其实是这些客观的事物勾出了潜伏在她内心的锦绣。

她是借用书写它们，将心灵的绸缎一匹一匹地搬运出来。

所以，她笔下的西域、江南，以及动物、植物、人物，都是她的心像，她在诗中与自己的心灵相遇。或者说她在用自己的心灵柔化着这个世界，让那些冷硬的事物变暖、变薄，从而透视出一个真诚、热情、有爱的自己。

这些品质转化到诗里就是一束光，让诗人忌讳的大词和直叙有了活力和呼吸，有了可贵的真性情和大气。

她的诗因而有了宽度、重量和力量，跨越了女性诗人自身的局限，成为无性别以及浩然之气的写作。

李犁，著名诗歌评论家、诗人。现为中国诗人万里行组委会秘书长、辽宁新诗学会副会长、《深圳诗刊》执行主编、《猛犸象诗刊》特约主编。

土地上长出来的云朵

——写在花儿诗集《冰狂》付梓之际

半岛

得悉花儿继一本诗集、一本长篇小说之后，又拿出了一本诗集《冰狂》，我有些意外。因为很多有才华的人，包括不少成名的作家尽管写了一些有质量的好作品，在全国和地方上空闪烁过一线“光华”，但其创作的黄金时代比较短促，转眼成为没有将来的“过往经历”。

看到花儿的这本诗集稿子，一百多首诗分布在“域之魂”“月亮城”“忆华年”三个专辑中，从浏览目录到仔细阅读，我在探寻她的创作动力和能源是什么？花儿虽是在江苏扬州定居多年的疆回女作家，但比较扎实地掌握了汉语中文写作的基本功。古罗马帝国诗人、批评家贺拉斯所著《诗艺》认为作品要“三符合”：一要符合自然创造，切近真实；二要符合观众心理，切合众望；三要符合艺术规则，运用适度。并据此提出一条总原则：适宜，即合乎情理。贺拉斯的观点令我醍醐灌顶、忽受启发：花儿的诗歌与真实自然为伍、与受众心愿为邻、与艺术裁量为友，基本处在适宜性的个人创作的原则状态。

一、书写真实自然，来自原生态构造

花儿的诗歌完全选择了自己熟悉的素材，对印象深刻的事物念念不忘，对进入记忆的事物调动发掘，对具有特色的事物意欲展现，不收着掖着，更不犹抱琵琶半遮面，而是毫无保留地写进作品、献给读者和社会。

《棉花，种出朵朵开》是一首篇幅较长、一百多行的“长诗”，放在诗集第一首，是有一定“风险”的，因为人们一般不愿意看长东西。但花儿不吝笔墨，放置首位，用叙事加抒情的手法，由种棉花写到种棉花的人，即种植棉花女性的劳动和婚姻生活，产生了棉花是“土地里长出来的云朵”的好句子。诗人积累调动了自己人生的积累，包括西域生活和扬州生活。花儿通过对一些地方动植物和民族风情的描绘生动地展现了古丝绸之路领域的自然与人文风光，抒发了自己内心的感受。《巴仁杏》指明了这种植物的质感，高于山顶，“填饱山体一个秋”。《对决》写了雪豹与山羊的周旋，反映了动物世界既对立又统一的矛盾。《挂毯》写了回族女“爱刺绣，出版了智慧”，然后引出对民族特色产品的感慨：“解析和田异质羊毛 / 有冲出沙漠的力量”。平实语言中不时蹦出形象生动、意向奇特、有一定冲击力的词句。反映扬州地方风貌的引江河系列诗作，显示了作者相对开明、开放的诗风求索，在《眺望台》里，她写道："深情的引江河，激情敞胸 / 引渡万吨大船，在怀里试水 / 修得滩涂景，一幅繁荣美画卷"

这是一个真实的非虚构场景，引江河原为自然的河流，经过人工改造后成为具有社会属性的河流，较多发挥了经济交通的效应。浪花飞溅的引江河多像"激情敞胸"的作者，让"万吨大船"这个代表着丰产、贸易、交流的载体，在自己的"怀里试水"，渡向人生与理想的江海。这是具有新疆回族同胞的草原策马情结的女诗人，在江苏大运河畔的月亮城（扬州）长期劳动和生活的写照。

二、触及受众心愿，表现生命情怀

览读花儿的这部诗集作品，虽然偶有拗口、唐突之语，但整体上通俗流畅，有意或无意地"迎合"了读者的心理、触及受众的心愿。要写的事物种类繁多又千变万化，作者下意识地将生命情怀渗透其间，原本平凡的事物一下子显得有点不平凡，普通的现象有点"异常"，很容易缭绕受众的头脑、拨动读者的心弦。

《旱獭》中"执笔九个娃娃""褪去妊娠的头巾"，《北湖之美，诗词添姿》中"眼里的朵朵浪花，都是我前世的盼望 / 撩拨凋零的心，即刻开出了花瓣"，这些句子将生命的意识推向了前台，"娃娃""妊娠"是平凡生命的活动及成果，"前世的盼望”或许融入了哲学和浪漫主义的因素。《普哈丁园》对生命的描述与抒情酣畅淋漓，与作者的西域之魂与励志之风十分吻合，在“丰盈运河边，地老与天荒”的宏大议论后，笔锋直指400年银杏树的生命史，指出了它的孕产、风采和前景：“雌雄银杏，秀相亲相爱 / 抚枝上，求多子多福 / 春的絮语，夏的葱茏 / 秋的华丽，冬的消逝 / 银杏丽人，在高岗上迎客 / 在幽静岁月里，再叙华章”。这样的表达，怎么能不让读者为之心动？

《矿源》一诗像其他短诗一样很快进入我的视线，引起我的重视，这不仅是因为我去过新疆，去过此诗中讲到的赛里木湖等处，更是诗作的拟人化及表达上的干净利落、穷追不舍、扩面放射、意象转换，让人过目不忘：“矿体是连体婴 / 孕育，丰泽一方 / 水草肥美，天鹅人选赛里木湖繁衍 / 诞下贵族门户的富足 / 矿体盛产贡米，褒奖大地母亲”；矿体本是硬物，诗人把它写成了生命的暗河，遂有“丰泽一方”之语，这为转向湖上写作完成了铺垫，遂出现天鹅生产“贵族门户的富足”，随之导出“盛产贡米”“大地母亲”具有历史感和空间感的“盛典”图像。

三、适度艺术裁量，吸纳古词民歌营养

诗集初名《冰狂》，经过交流，我才知道，寓意为作者是冷美人，清高冷傲与狂热张扬相结合，坦荡做人、勤奋做事、友善待客，面对创作，不被低调束缚，更不被“道德绑架”。这部诗集混合了古典诗词、现代民歌、新诗用语的笔法，其中

古词、民歌的味道更浓。具体表达方面，白描、抒情、议论、童话、叙事等形态俱现，平面叙述中的立体感也时有闪烁。我还发现，花儿的一些诗歌是可当成小小说、随笔、影视分镜头来看的，因为在短小的诗篇里，常有小故事、小场景、小感叹，吸引着我们的眼球。《又梦昆仑》《喀什英雄》《马儿呦，爱上伊犁河》《巴旦木》《惊蛰》《大头红》《品茶》《野味》《秋夜》等多首诗歌都能够反映作者的艺术裁量与运用。

亚里士多德在《诗学》里探讨了一系列值得重视的理论问题，如人的天性与艺术摹仿的关系；提出了某些观点，如情节是行动的摹仿。在当时具有可贵的创新意义，在当下也不过时。花儿的诗歌生产自然离不开天然的禀赋，离不开对自然、社会的认识，这是艺术创作的基础和前提，不可逾越，更不可甩脱。她的诗宛若土地上长出来的云朵，像安泰那样，视土地为永远的母亲，无论飞得多高、飘得多远，都离不开土地母亲的怀抱。感谢诗集为我留了一席之地，一首极短的《评论家》，写我的。还是那句老话：在社会上我不是评论家，也不以当评论家为目标，但在文艺鉴赏的家园，在一定程度上，某个人视我为“家”，不是错，而是正确的选择。我可以当某个人、少数人的“评论家”，这完全可以说得通，如同我不敢在早年给我直接教益或间接滋养的茅盾、巴金、梁晓声、陆文夫、茹志鹃、冯德英、姚雪垠、戴厚英等真正的名家肖像前自称“作家”，却可以面对秦淮河、东土山以“家乡作家”自居。

诗集《冰狂》无刻意“比高斗低”之意，也无“攀龙附凤”之疑，它是作家情感的自然流露，在有限的知识构成和时间范围内，尽力而为的一种精神劳动。我个人认为，《冰狂》中的一些诗作在语言的运用、意境的营建、情思的释放等方面，还存在一些值得推敲的地方，或多或少出现了囿于古诗词与口语的零碎拼接、缺乏现代化的新诗语言和系统性的结构、艺术表达的储备资源不足和选择空间不宽等“短板”现象。这需要花儿改变阅读方向，接受更多的信息（主要是有选择地吸收包括西方名作在内的外国诗歌资源）。

我还是以花儿在引江河组诗之一《樱花园》的句子，结束此文吧。我喜欢这样的表述，灵动而美丽，传统又现代：“引江河水，有樱花佳丽二百枚 / 薄纱下，若隐若现 / 飞红依依……”“引江河水，把飘落的花瓣巧制成锦盛香囊 / 幽香也艳丽，呼应飞鸟齐鸣……”

2023 年 1 月 9 日，写于南京东山

半岛，本名孙拥君，国家商业银行总行特殊人才库报备者，兼任全国系统及地方文艺、作家、诗词、书画、音乐、报告文学、公共关系、金融投资等团体领导或骨干。

一朵盛开在内地诗坛的新疆花儿

黄泥

说起花儿，你眼前一定会浮现出姹紫嫣红、千姿百态的花朵，你还可能会联想到女人如花；可是如果你跟一位生活在大西北的维吾尔族人、回族人说起花儿，他一定会告诉你：花儿是歌呀，祖祖辈辈传唱至今的，我唱给你听。因此，诗人陶美美取“花儿”作为自己的笔名，尤其是当我们留意到她的新疆回族血统时，便不会把她仅仅当作自然之花，而会更深一层地视之为文化之花、精神之花。

这是真的。花儿的这本《冰狂》里，有“花儿”的旋律。

因为在远方，因为陌生，所以诗意盎然。

诗与远方，现在已经成了一个词组。人们谈到诗总会提到远方，谈到远方仿佛带有诗意。其实，这正是诗歌的秘密之一：诗在远方，远方是诗。人们常说诗人是浪漫的，那么什么是浪漫？英国哲学家以赛亚·伯林说，浪漫主义“是漫游于遥远的地方，特别是东方，漫游于遥远的时代，特别是中世纪”。信然！触手可及是现实主义；遥不可及是浪漫主义，是诗。

《冰狂》“卷一 域之魂”全是花儿的回望精神故乡之作。她吟咏的人物有牧马人、牧羊人、阿尔法、喀什英雄等；她吟咏的风物有黑马、骆驼、雪狼、雕鸮、盘羊、雪鸡、短尾猴、胡杨、亚麻、红柳、巴旦木、芨芨草、骆驼蓬、马鞍、花帽、挂毯、奶疙瘩、砖茶、萨木萨（烤包子）、巴仁杏、风滚草、哈密瓜、猫屎瓜、榅桲（水果）、杈粑果、杏花沟、灰枣等；她吟咏的物事有毡房、烤羊、采玉、摘葡萄、打核桃、送马、赛马、求偶等。

单单这些数目庞大、五光十色的名词，就已经构成了一幅西域雪漠草原民族的独特生活景观。“此景，只有西域有”（《棉花，种出朵朵开》）。这种生活是快意人生的：“我们挽胳膊，忆驼铃，尝烤肉 / 美酒豪杰壮士，抛躯体，裹疆场 / 征服后生，悄附英灵同醉 / 任柔情，与大漠孤烟起伏”（《胡杨》）；这种生活是极致浪漫的：“眉，寄语饥荒 / 月牙线，粗线状 / 美人，眉心痣 / 如意一根，纺织线 / 描出春黛美人，标致眉”（《奥斯曼，溢汁》）；这种生活是神秘奇异的：“黑海，神奇白番红花开 / 在不冻泉边，花落与狼絮语 / 六月映雪，煮远征奇观（《又梦昆仑》）；这种生活是天人合一的：“沙漠，裹紧胭脂的

心思 / 为风滚草，涂个清水口红 / 又插上凤钗 / 踏过四季，长成大漠纷飞的玫瑰”（《风滚草》）；这种生活有时也是危机四伏的：“山羊，奔跑着机智 / 丢下了，追赶的气焰 / 雪豹，潜伏，寻找时机”（《对决》）……

这种生活场景对我们来说诗意盎然，因为在远方，因为陌生，因为异域情调，因为文化宗教的差异性。这是我在读众多熟悉的诗人所作的诗歌时没有过的体验。我认为，这恰恰是花儿诗歌独特的魅力所在，是她作为一个生活在内地的新疆回族女诗人不可替代的证据。她用自己独特的声线（我认为是高亢的），丰富了内地诗坛交响诗的声部。

她的记忆，也是我们的记忆，所以打动我们。

王国维把诗人分为主观诗人和客观诗人两类：“客观之诗人，不可不多阅世”；“主观之诗人，不必多阅世”。花儿显然属于客观之诗人，套用现在流行的术语，她属于经验写作。

“阳春三月，棉花选种仪式伊始……/ 六月，去打顶尖尖枝条是使命 / 七月，必须完成优异的成绩 / 花蕾铃转化 / 极佳提高了田间的通风透光 / 小虫儿未能有机遇，在枝上蜗居……/ 八月，热浪挥舞着真性情 / 它挡不住万亩的棉花啊，结花桃”（《棉花，种出朵朵开》）。棉花几月种植、几月抽条、几月开花、几月结桃，花儿如数家珍。如果她没有查阅相关资料的话，那么我断定她一定亲手种过棉花。

花儿诗歌的力量很大部分来自这种鲜活的日常生活，包括客观性达到极致精确的细节。她告诉我们，生活本身就富有诗意，我们其实一直以诗为邻。你看："价值，代代相传马茬子 / 肚带子 / 马腚带，定格马尾入定律 / 汉垫子，纯洁绣品 / 万元心血，裁制成 / 土马克（帽子）、羊群 / 新娘子出征婆家：阿泰勒"（《嫁妆》）。马茬子、肚带子、马腚带、汉垫子、土马克，这几个名词就把我们带到了西域边陲的婚礼美学现场。"河蚌，与鸳鸯戏水 / 生出娇嫩 / 美肌，引导 / 尖刀哥，毒性大发 / 剖开，河蚌月牙儿肚皮 / 内胆，有馅，百颗"（《美玉：珍珠》）。"阿妈，灌洗羊肠子 / 说肠肠，有着长长的路径"（《宰羊》）。显然，日常生活并没有钝化诗人的灵感。"尖刀哥""长长的路径"这些灵感的直觉迸发，不可能凭空而来，必然有经验性判断在里面，或者说经验其实是她直觉的生存土壤。

《冰狂》的第二部分"月亮城"显然是花儿最近的生活经验之写作。如果我们注意到她把新疆生活经验之写作置于诗集的第一部分，且 80 余首占据整本诗集几乎一半的篇幅这个事实，便不难得出一个结论：花儿更珍视新疆生活经验之写作。一个显而易见的事实：她纳入诗中的生活经验是过去式的，或者说她是凭借回忆进入诗歌状态的。因为是回忆，便与生活现场拉开了距离。那么，她为什么要对童年、青春、故乡一遍又一遍地深情回望、凝视？那里有什么？一定有黄金、有因为我们生活的脚步过于匆匆而失落的秘符。原来那是她的精神原乡，她必须一次又一次从她的生活源头汲取力量。这也提示了时间对于花儿的意义。为什么她的诗集《冰狂》的第三部分以“忆华年”命名？谜底就在这里。

法国著名诗人埃德蒙·雅贝斯在他的《门槛·沙 埃德蒙·雅贝斯诗全集》开卷题记中写道：“时间是由回忆或记忆缔造的吗？我们深知，我们每个人在制造各自的回忆；然而还有另一种记忆，它比回忆更古老……那是世世代代沉睡在我们身体里的记忆，它存在于创造的核心。”

可以这样说吗？花儿的记忆，其实也是我们每个人的记忆，它来自远古的时代，就沉睡在我们的身体里。这正是她的诗能打动我们的深层原因。

词语会背叛，她的语言有时像石头，很有力量。

“诗歌是语言存在的最高形式。”（布罗茨基语）语言是诗的襁褓、诗的生存土壤。诗人必须借助语言的砖石，才能搭建诗歌的殿堂；同样，读者必须借助语言，才能进入诗歌的殿堂。语言恰恰是花儿诗歌一个颇受争议的话题，也是我们进入她的诗歌一个绕不开的所在。

有人认为，花儿可能囿于年轻时生活、学习经历以及身份认同等原因，对现代汉语尤其是书面语的运用不太娴熟。就我个人而言，对她诗歌的阅读感受，我认为语言可能恰恰是她诗歌的力量所在。保尔·艾吕雅说过：“诗歌需要的词语是非常不同的，何况，一如其他事物，词语也会背叛。”诗人写作诗歌时虽然要用日常语言，却是迫不得已。有过写作诗歌经验的人都会有这种感觉：有时翻尽词典，找不到一个合适的词能表达出自己此时此地的独特体验。花儿在写一首诗时，在调配语言库时并不像一些诗人那么轻松，她翻翻捡捡、左寻右找，翻遍自己的词语小布袋，可能并不满意，甚至还会觉得“词不达意”，而对于诗歌而言也许是尽在不言中了。这或许是她作为一名诗人的优势所在吧。

“鲜味儿，透出黑的白皙 / 饱满，古今美人 / 村姑、昭君、格格 / 貌似珍珠，眉似弯月 / 汉武帝割爱，献珍珠女与单于 / 开合妖艳”（《美玉 · 珍珠》）。花儿写诗时脑海是天马行空的，有时来不及选择词语的主谓、动宾搭配，干脆把一些名词直接砸在稿纸上，砸出一个个坑，却是那么有力量。“开合妖艳”，也许你会觉得这动宾搭配得也太不合规范了，但如果联想到蚌的开合，或者再联想到珍珠女，你也许为这样的词组搭配拍案叫绝。这是诗歌，不是冬烘先生的教学草案。

我还注意到一个现象：同样是花儿的诗，在读她的回忆新疆生活经验之诗（比如《冰狂》“卷一 域之魂”）与她的近期生活经验之诗（比如《冰狂》“卷二 月亮城”）时，我对她的语言感受是不太相同的。（再如《冰狂》“卷三 忆华年”）前者让我看到她许多的灵光乍现、匠心独运、鬼斧神工和神来之笔，后者让我读到她偶尔的磕磕绊绊、气喘吁吁、力有不逮和无可奈何。读者可以自行体会。也许这里面藏着诗歌的秘密，值得进一步观察和研究。

黄泥，本名黄建国，江苏省作家协会会员，江苏省文艺评论家协会会员，江苏省鲁迅研究学会会员。

目录

Contents

卷一　域之魂

卷二　月亮城

卷三 忆华年

卷一　域之魂

Spirit of the realm

棉花，种出朵朵开

唱着艾青的诗句，歌唱我多情的土地
挥一挥云彩，催熟家乡盐碱地有了生机
天山雪水正青春
涓涓细流挺进，东西南北中的土地里
播放的序曲，奏响着一往情深的心意
来来往往于，浓郁的村边田头
翩翩的脚步，没有太匆匆
润物细无声，滋润于土地的红唇
唇边沾上湿润的笑意
挥手华丽再去慰藉
另外的土地，过往于家家户户的肥沃
这天然的盐碱地赠予自然
自然而然拔地而起
这样的美色，使彪悍的牧民更有力气
蜕变成种植棉花的真天子
又恰是性情中人
演绎人之初，性本善，习相远
马蹄声也忠于感染
也在回报枝头的花枝俏

耕耘，耕耘每一寸家乡的土地
回眸一笑，期待中生出百媚的英姿

阳春三月，棉花选种仪式伊始
颗粒饱满、健康与无害
是播种的第一哲理
拖拉机整装待发
再翻滚土地的播种气息
与有机肥无机肥，抱团卧底在
热乎乎的，怀柔的氛围里

牧民的第二场考验是“笔试”
举起胳膊，种下一颗种子
种子，离不开金贵的草灰，草灰似棉被
联盟绘出了一番惊艳，土地上矗立着圆形的小头盔
牧民惊讶地呼出，是那份惊天动地的狂喜
一场雨，为土地解忧，笑傲
出彩棉花出芽了，报得三春晖

不日，绿油油的美景，本是棉花的颜值
太阳，总喜为它涂上美丽的胭脂
有金色，也有五彩缤纷的样子

就连树上的月亮
也笑成了收割的镰刀

牧民为了感恩，为了镰刀的摩拳擦掌
与丰收在望演奏前进的交响曲
难能可贵的是，出苗后的间苗期
不长不短的距离，正牵手爱意
依赖风儿，倾诉种棉的情谊

棉花也是花，修剪保主枝
六月，去打顶尖尖枝条是使命
七月，必须完成优异的成绩
花蕾铃转化
极佳提高了田间的通风透光
小虫儿未能有机遇，在枝上蜗居

待到棉花吐絮期，最是喝水重要时
为使花蕾不凋零，土壤不可开口笑
湿度，就是婴儿保护期
还要助推，呵护，呵护再呵护
给棉花施施肥，也分一二一
科技种棉十厘米、一小坑，填进去

吸收快，长得高，且又嫩
嫩汪汪的美景啊，抒情一片又一片

八月，热浪挥舞着真性情
它挡不住万亩的棉花啊，结花桃
那是牧民的智慧，延伸着棉花的玉体
等啊等啊！天青色等下雨
天有情，人有意，细雨啊，降西域
与地下的雪水齐发力，形成天地合一
维护棉花地，一生一世一双人不离弃

白花朵朵，红色暗香
绿叶朗朗，喜庆绿洲
美色铺开一望无际，喜饮水一杯
摇曳雨后的清新，魅惑着
此景，只有西域有
蓝天，白云也妒嫉
偶尔，开一朵，比不过棉朵的真人秀
是天上人间，仅一朵
奇迹是，土地里长出来的云朵
绽开的并蒂式的芙蓉，笑响天际
风儿劈开了莲子，喜悦中带点苦涩的眼泪

金秋，棉花成为牧民的掌中宝
梦一样，辽阔你和我
洋溢着，赞美的喜悦
你重的，像金子的足赤
你轻的，像水波的柔意
你扮演的角色，就是母亲的情谊
母亲，期待棉花女长大
棉花女长大，终于要出嫁，好日子定在
金秋十月的瓜熟蒂落期
新式的棉衣，暖暖的
花团锦簇里，也装着棉花女的情思
正月里，棉花女生下了一对金童玉女
那是棉花女
对人类繁衍生生不息的情谊

刊载于《江苏经济报》

丘处机

丘处机的梦，住西北边陲

千年之狐

未打搅

玉兔精，蹦出来就是一米五的距离

来讨一块馕

冬藏记忆

长尾，在山门外

是主持护卫

不

是对山神在致敬军礼

旱獭

旱獭出行透气的佳期，定在清明
草原风，准予旱獭
着一身毛球衣，抖唱热身舞
丘陵，是它止步的笔杆
旱獭的四肢，在沟谷里著书
挖掘，一门推土课
洞内，与坎儿井亲密
洞口，装饰关卡
怼死棕熊的猎食
红心倒在血泊中
田旋花，保湿其汁水
注射到腹肌

冬眠一百八十日
醒了生育期，繁殖密度似网
执笔九个娃娃，立绿洲
旱獭，褪去妊娠的头巾
独自，狂飙故里

风滚草

风滚草，旋腾云
披春色，绿长冬
驴脚，裹着人家的种子
搜索，四海均为家

种子，一贯是种植选手
笑话，偷袭的雾
在身后，坚韧轻浮

沙漠，裹紧胭脂的心思
为风滚草，涂个清水口红
又插上凤钗
踏过四季，长成大漠纷飞的玫瑰

刊载于《扬子江诗刊》

桃胶

画一幅，素描画
为发际线抹上墨色
顺溜的，油亮的
塑形，飞流直下三千尺

桃胶，技术活
超越做女工
新疆娃，本应拥有
婆婆、姑姑
风情是桃胶
先行官唱响
美德合一丰碑

嫁妆

嫁妆，稀缺得很哟
马鞍，刻满外祖母家史
阿妈，解读嵌入式银锭子
丝丝细节

价值，代代相传马茬子
肚带子
马腚带，定格马尾入定律
汉垫子，纯洁绣品
万元心血，裁制成
土马克（帽子）、羊群
新娘子出征婆家：阿泰勒

美玉・珍珠

河蚌，与鸳鸯戏水
生出娇嫩
美肌，引导
尖刀哥，毒性大发
剖开，河蚌月牙儿肚皮
内胆，有馅，百颗

鲜味儿，透出黑的白皙
饱满，古今美人
村姑、昭君、格格
貌似珍珠，眉似弯月
汉武帝割爱，献珍珠女与单于
开合妖艳

宰羊

宰羊的时光，忙得很哟
阿爸，忙吊羊头
阿哥，挑拨簇簇火苗
燎熟羊蹄子
成熟的胡须

阿妈，灌洗羊肠子
说肠肠，有着长长的路径
徜徉附体新衣
共鸣富裕之路
解贫困，躲饥饿
救赎丰收年，宰羊
寓意，大有可为

交融

冬姑娘，开战魔鬼的冲动
在乱舞的枝条上
飓风，酝酿起“衣边花”
“活化石”，秀富足的传统
维吾尔族美术文化，剑痕破空

神思扛不住自律，欲为“枕头花”
梳妆
迎娶的披风，描上平绣朵朵
巧合苏绣、京绣针法，一针一线
穿越时空的相遇，思楼兰女神

哈密瓜

哈密瓜，呼吁
甜甜，长进瓜的心窝里
皮囊，愿望旋转日月
纹理，自古不懂绿洲
绿洲，则思辨前尘往事

哲学题库，瓜农渴望冬藏
则变，诗意
长瓜子吐蕊，东方鱼肚白
绘熟瓜农的锦衣玉食
奔波挂月的晨曦

无题

浩瀚，左手提水

水在淹没

一个情字

背着行囊

走南闯北

归期，走天涯

困惑，被踢出了江湖

解胸腔

一睹

天堂的，深邃

阿克陶县

胸腔，唯美
冻层夹心是，间色土壤
阴坡，小森林有原始
裸出，岩石奇异
怪异色，依见稀疏

平原地，住帕米尔高原东部
山坡下，与西戈壁搭肩
农物区，耕耘号子声
嗯哟哟，游阿克陶县一圈圈

黑马肉

黑马，称为天马也
牧民待客，赶走聊表寸心
套马杆，旋风浩浩荡荡
挑衅百匹膘色中
一黑马趴下，献礼的铁蹄
自当，宰出一流作品

群心架起铁锅，煮彪悍的狂野
统称：苏热特
伙夫自荐一串，抓牢，只为酒
发飙，欲火

巴仁杏

个大

敢与马头

媲美

质感，高于山顶

酸味儿，可可的

填饱山体一个秋

色艳，吸睛草原枭雄，吾斯曼

喷出火山式

沾上姑娘的不懈追求

嚼嚼哥哥的，丰腴

采玉

天然，种玉

祖先，采玉

玉，毅力公主魂

工匠采籽料，至美性价比

小辈，腰佩玉赶考

挥笔诗词歌赋，艺压群芳

左宗棠吩咐击鼓，赞誉

封爵探花，打高头马

赴宴谈笑鸿儒间

黄袍加身，妻妾成群

天意，伊始歌舞升平

花帽

边角，刚正不阿

四方，弧度，砍开口

走固定，千度圆

旋转劳作，斡旋日月

亲亲，拉抚摸

红、紫、蓝

挽起，一个艺术节

头饰，辨别民族

纵观，对方号角

嵌入

一脉相承

奥斯曼，溢汁

奥斯曼，溢汁
牧羊女称心描眉
锁一曲祖传的秘方，茁壮成长
秀出，黛眉
天然，破壁
松蓝，留缝隙

叶片子，挤出水汪汪万般情意
眉，寄语饥荒
月牙线，粗线状
美人，眉心痣
如意一根，纺织线
描出春黛美人，标致眉

矿源

矿质，矿体是连体婴

孕育，丰泽一方

水草肥美，天鹅入选赛里木湖繁衍

诞下贵族门户的富足

矿体盛产贡米，褒奖大地母亲

非金属，也发光

矿藏 76 种，洋溢

西有天山，南矿云集

稀有，富甲草原多民族

祖辈，有耕耘

求偶

骆驼

似高科技北斗

立中央

芬芳，肉球

情种，怪异

发射出一枚，求偶导弹

腚下，双蹄，开幕弓字步

摆尾，入宫，即信号也

繁衍，千秋万代唱驼铃

追溯

执笔，乡愁
供读者
笑一笑，哭一哭
是故事的俊逸
追溯马蹄香

故里，在字里行间
相生相伴
险也极致，美也极致
令多少围猎者
涉足，楼兰废墟美

六岁

当年，骑着风的肩膀上马

驰骋万里

今日，脚尖一踮

上了围场

剧种：围猎

目标、神速

草兔，仰慕六岁的力量

拥有皇家，拥有神的追随

温宿盐山

处女地，奇特盐山有秘境
观盐山瀑步景，飞晶莹剔透
舔盐丘一座座，白皑皑
进盐晶群，盐海花开朵朵
盐溪流，也吟涓涓

盐山下，砌了层层盐盆景
把迎来送往：客中行
搬进牧民大讲堂
五味之首盐巴
教鞭指羊儿，阅读抗菌书
啃啃盐石头，灾难绕道走

山涧

山娃，蹦跳着青梅竹马
狼群恣意嗥叫
把狼狈、风情
逐客令，切成蛋糕
分享造访者

山涧做起接待，传说
四季豪迈的悠闲自在
怀里有琴弦，拨动叮咚响
好客，各路神仙眷恋
在这里，扑清逸，小酌一杯

又梦昆仑

都它尔（乐器）打开一帘幽梦
开篇昆仑山巨著

黑海，神奇白番红花开
在不冻泉边，花落与狼絮语
六月映雪，煮远征奇观

热瓦普（乐器）激活空灵
与旭日升华紫烟
暗香浮动，阿山金莲花
一沟接一沟，秀吹
暗香闪恋，写昆仑山绝版

刊载于《扬子晚报》

牧羊女

可可西里的牧羊女
携羊群，走他乡
吻雪，饮梦
吹灯，合奏
灵魂画手，携情思入画

红妆，在山坡采摘
杏花、驼铃、胡杨
雪山，为牧羊女写外传
与绿洲、雪海
共升炊烟

刊载于《扬子晚报》

喀什英雄

喀什，耄耋老人的胡须饮水时
吟着远古，胡须捋着友好大使张骞
到西域的探秘
捧砖茶，揉碎碎，浮出杯中的金色四季
主宰着，玉壶里的雪水
沸腾的是老人心，随娃娃去戈壁采蜜

腰杆儿，矗立狼群中，辨别人性
一口雄风，配腰里的伊犁大曲，醉打
喀什老人，引用老城里的语言
一棵榆树的故事
摇醒了狼的眼
紧闭戈壁

刊载于《扬子晚报》

盘羊

沙漠，盘羊
污灰色，是后背的风景
颈部，系条大围脖，与雪争宠
行走版图山脉西，三五成群
犄角，触到了阿泰勒
欢唱，没有饥饿的成名曲

把雪豹的忧伤，失落
交给雄鹰去盘旋
云朵，恢复一朵盘羊的模样子
在语言上，代言雪豹的尊严

刊载于《扬子晚报》

萨木萨（烤包子）

美味

与新疆各民族，长着一个胃

操作萨木萨，食材绑在羊腿上

阿拉罕大叔揽出一团面

飘落的雪花样，醉透了一片馅

羊肉，皮牙子（洋葱），羊尾油

薄薄的，像“叠被子”一样的坯

阿拉罕大叔，忙点馕坑

火苗热烈地说着亚克西

阿拉罕大叔洒盐水，沾馕坑

牛肉味，先产爆汁，挤出了拉丝

馋着，大巴扎广场

提出的萨木萨，与胡杨树一个味

举竹竿，打核桃

清风，熟透了山里的秋韵
也摇曳着山外的瓜果飘香
哺育山腰上的青核桃，蜕变本色
本色，又似前行的风景

她诉说着核桃的传奇
白露季节，打核桃
小小核桃满山跑
峡谷也忙碌着一番审美，赞
外衣的美称似纸皮，且薄如蝉翼
剔透的，晶莹的玉璧
灵动着核仁的，凹凸有致
这情境哟，神奇地喂饱了
打核桃人，怀里的，娃娃天资

刊载于《扬子晚报》

亚麻

亚麻，也繁衍

执一支笔，染红了新生代

亚麻说胡麻，前世今生一家人

亚麻，天性开蓝色

也似冬日梅朵之风韵

也似男生一生一世的相思线

单丝，丝丝织情义

双丝，长成女孩的头巾，说俏逸

芬芳与无声的誓言，共情天水色

爽爽的，勾勒出唯美的天意

刊载于《扬子晚报》

马儿哟，爱上伊犁河

伊犁河水，唱咿呀呀
养出芦苇滩，浩浩荡荡
芦苇尖流淌出，知音唱绵长
水波波，金光枕着云裳秀艳影
芦苇秆，推醒了熟睡的白马

马儿有格局，没艳羡
吻河草的轻柔，也似男性的雄风
荟萃河流唱过风流，解了千愁
再携河道的绿洲，接壤沙漠的驼铃声
马儿扬起鬃毛，似博格达峰
架起竖琴，奏响一曲：爱上伊犁河

刊载于《扬子晚报》

种子

种子，诱惑
少年的手心
发芽
越过，今穿古火线

花儿气息，为哪般
种子，在指头缝隙里
开篇：种田文
把饭碗端在自己手上

刊载于《扬子晚报》

杏花沟

杏花沟，充裕峡谷的美肌

长于山顶，又追沟谷背

杏花女，放蜂时

秀甜心

一波水，绕枝上花神

一粒种，秀情义

马上年少，足下欢盈了满野

怜红与白，占春满心扉

红柳

红柳，长青帕米尔高原
柳花，跳火影
咏边塞痴情
柳根，把心思扎下
红柳的格局哟
日日迎来骆驼队
先食过风滚草
再食戈壁滩
柳木的表情包
诗意月色 大漠辽阔

刊载于《扬州晚报》

月，钩住了相思

马倦了

眼神激活了脖子上的鬃毛

马蹄以弯曲的舞步

陪月色入夜

一阵风悄悄上了小楼

吹拂烛光的腰姿

美了纺织夜里的红纱巾

与纺车一起白了头

霜降，凑热闹

又绽开了花

花儿利刺

促鹰笛吹亮了草原晨曦

鱼肚白动了情，抚慰杨柳

圆梦春宵一刻值千金

凝眸西域美人一笑很倾城

牧马人别过美妙

引吭高歌一曲唱绿洲

手执一枝杏花

笑响了葡萄沟的秋

葡萄籽，熟透了脸儿

眼前的柔柔

写下真性情

古再丽娜，成熟的舌尖

钩住架上的一粒葡萄

就着稠密的砖茶

三碗酸奶子

与珍馐

飞舞远方的牧马人

今又腾飞毡房中

合奏一曲驼铃醉相思

打馕

火，明媚着
在馕坑里做热身运动
火苗蹦跳着说，暖和些了
渐渐，馕坑解开了怀

馕笑着，站立馕坑壁上
挺拔饱满的胸肌
撩起浅浅的笑，笑头顶上的杏
熟透着的，是馕的金黄妖娆

馕，是个宝
饿了，掰一角，可填饱
也喜了，嘴角的笑
笑彪悍小伙的多情与风骚

刊载于《凤凰资讯报》

聚散

骆驼，念旧

白发苍苍，续写少年魑魅冤屈

眺望着，丢了魂似的过往

年少时许愿，坎儿井水系吟诵语录

离去吧，入住磅礴诗行

翻滚着的，粒粒金子哟

缠绵，不离驼峰

在此起家的，还有红头驼羔

与远行，同上茶马古道

驼背上，倩魂妖媚

穿越

来有影，两依依

胡杨

凌风，徜徉在枝头
摇曳金秋，礼赞坚韧
细语茫茫，阅高贵
独木、枯枝，延根须
昂扬固沙漠，繁华
胡杨，偶拽起茂盛开奇异
笑问，客从何处来

我们挽胳膊，忆驼铃，尝烤肉
美酒豪杰壮士，抛躯体，裹疆场
征服后生，悄附英灵同醉
任柔情，与大漠孤烟起伏
慰藉寒霜凝露，添色
共沐光华

乡愁

种下一枚邮票

画面是：杏树的十六岁花季

数年的葱茏，摇曳思乡

歌唱归途：沙漠

今年，乡愁开了一树

杏花的怒放

把伊的天空，举高

奔放的是戈壁的传奇

刊载于《扬州晚报》

摘葡萄

阿瓦尔古丽的葡萄苗，入土三个月
藤蔓，飞上架
成长中的娃娃
喜过阳光明媚，又喜迎阴凉
她渴望，不间断饱饮
天山雪水的源远流长

葡萄熟了，引来相思风
吹乱了的少年的心
买买江小哥哥，笑不露齿
采摘葡萄的目光，躲闪着痴情

阿瓦提县

阿瓦提县，刀郎文化乡
跳踏步、又抖肩
是麦西来普调皮的喜怒哀乐
美人，野游麦西来普
单手呼唤，伊要恋爱哟
双手打开，是中意
裙摆旋转一圈，送出爱情信号
二圈，示意刀郎快快来

小哥哥在天山南麓瓜地，踏步飞来
左手送礼，又弯腰
与美人，挑了眉
跳起
刀郎部落流行曲，麦西来普

绵羊音

劲风
为初生的羊圈烫了
一身的卷发
羊的天性
色彩弯弯的云彩

杏眼，惹人爱
羊角辫，秀丽着特技
致礼金秋，攻击移场
唱起耶耶，妈妈
绵羊音

沙枣，艳艳

青杏时节，沙枣生面孔

提起文笔，文字好青涩

绿妆翠翠，也是华丽一族

脆响，绕甜了唇齿间

沙枣，夏日非闲时

笔耕不辍，寄语金秋

十月，玉体话丰腴

朱红色，似粉面佳人

笑靥如花，眉丝如黛

乐于来访者，说艳艳

刊载于《扬子晚报》

思乡

阿爸唤奶水
牵引您的声音，似抚摸的温柔
那一夜，我似喝了家乡酸奶子
甜透，入睡

今日，思念起阿爸的好声音
睡意，走开，又走来
轻巧地呼唤
醉透着，定格的天籁

飘雪陪伴，似熨平我心蕴
飞来的遥远相思雨，嘀嗒嘀嗒
主导着三盆两地风景
拥我入眠，醒来，又入梦
来合奏秋韵中的沙漠
有了一首诗，为之动了情

刊载于《南方文艺》

牧羊人

走他乡，白山头

吻梦，饮酒

吹灯，合奏

树枝，举着光秃的画笔

在空中乱舞，灵魂

入画红妆，在山坡采摘雨季

杏花、驼铃、胡杨

雪山，醋意浸透俏头

林中外传

再添绿洲，松海，鹿群

共升袅袅炊烟

刊载于《扬子晚报》

古再丽打馕

阿尔法和面，打馕
拉起圆形的家常话
妙语醒了馕心，发酵
再摘剂子
再屹立一二三

馕坑里，美德，叙辈分
艾曼克，为大
脱喀西，为小
格克德，垒墙
阿尔法，绕指柔
折芨芨草，发靡靡之音
唱，半个月亮爬上来

刊载于《扬子晚报》

挂毯

羊羔，进贡织女
织造业，有巧手一双
挑出如丝的滑
织出宣纸上的播种愿景
烤羊、牧民、丰收
爱刺绣，出版了智慧
解析和田异质羊毛
有冲出沙漠的力量

挂毯体能坚韧弹性
伊，制作挂毯
显东亚元素，西亚符号
快闪西域之美
再忆买买提大叔身披挂毯
骑着毛驴进京见毛主席

刊载于《扬子晚报》

冰推

冰推，推来推去
不舍离别，堆起千堆雪
海藻织网一张，强留
碎碎冰，齐聚首
撞击，方震撼
著一部大戏，头破血流

海浪，再呼啸
再度，强行拆开一生情
冰，持剑，潜入海底
扯上，一支荇草做笔
誓言，留海上守岁

对决

山羊，在陡峭中行走
打闹声，迎接雪豹嚣张的追逐
山羊，奔跑着机智
丢下了，追赶的气焰
雪豹，潜伏，寻找时机

山羊，觅食
饥饿时，是开心的，纵身跳入河流
共同，摔滚，失足，锁住

雪豹咬死山羊动向，这滚动的风景
植入主题，轻盈伺机
呼吸声，贴着雪地
节省体力，窥望战利品

惊扰的山羊，四蹄飞奔
蹦蹦跳跳，躲过追击

雪狼

雪狼，邀飓风奏情魂
雪花吟，访天山
天山，挚爱注目礼
候访客，来梳妆自己的刚毅
胡杨林，美轮四季
献礼青春不败

雪狼，依从雪舞的执爱
与雪花，扭脖子
夜，临幸，冻龄伴舞
狼心，奔腾年代
奔跑的头颅，越来越小
傲慢的影子
消失在月亮的怀里

山主，是文静的女王
辅佐，狂妄的雪狼
在博克达峰，共守永恒
四季的羽翼，含着奇缺的雪糕

含胸腔，未融化

坚守，执着，坚韧

拟文承山脉，笔塑疆河

灰枣，也甜甜

枣，灰色体
颜值，藏羞于黑暗中
沙漠有怜爱，吐出魔发

枣，洪亮了嗓门
推醒，静谧中的自艾自怨
那一片叶，也吐出甜水
咬住了，沙漠的肩部
摇晃，风情节拍
落下了富裕
枣农，把往年的失落
演变成
脸上无忧，来年不愁

盐碱地

天性，孤傲四方
敢与天神格斗
雨滴，滚着车轮
绑着玉体，稀释

野性，再次豪放
成活了，千年不败
色苍，有种族的祖先汗水
哺育，牛犊、羊儿、马群
气盛，撤退碱，送年意版画
肥沃，走绿洲

我要跳舞

我的舞蹈，放荡不羁
舞姿元素，奔放一幅绚丽
手腕，翻出活泼之美

裙裾飘出了动感和妩媚
曼妙的身子，舞出窈窕美
华丽旋转

又拍掌，一下，两下
又移动，一下子脖颈
展姿：有浓郁、细致
风情多彩多姿
醉透了你

脚步轻盈与娴熟的翻手腕
携来清风共唱一曲

气流

伊犁河谷，三面环山
东部狭窄，西部敞开
臂膀张开接纳八面情谊
访客在喇叭口，看景
东高西低，展优势
暖气流，一路爬坡
一路走低，在山前地带降水
凝结，气流抬升地势
河谷，东部迎风坡，降水成河
伊犁最湿润，丰沛
春天到秋天
怡然满山碧绿艳紫
鲜黄
你不让我，我不让你
斑斓三山夹两盆地，亮亮堂堂

峡谷

斜阳，一线狂叫丹霞止步
红色体，称克孜利亚
山体
海拔一千余米，魔幻，景异
五光色彩的峡谷
抱碎石，浮想
万年洪流，冲刷气势磅礴
视觉接住，独库摩肩接踵
看透纵横
鬼斧神功，颠覆了
自然设计师
提一把重工刻刀，打磨峡谷盔甲

地窖

一股泉水，来了股劲
冲锋到牧马人的锅沿
把一份通知，贴上烤肉
地窖，哭泣着蠢蠢欲动

一只猫，在监工场景
牧马人掰开
烤洋芋片，羊肠子
蒜蓉，不腻
走进围炉肚里
熬出
母亲兑现的戈壁往事

叶尔羌河上游

引水节，塔吉克族青年艾尔肯
站台身份是“水文人”
是叶尔羌河上游的神灯
五十年代建史，院墙打下烙印
三十余年

测流量，洗沙
报水情，未雨绸缪十小时
测站房的风度，与塔县共眠
诚邀贵客步云梯，看山麓
老支书巴图尔，泪眼里应外合
活跃引水节前，那一份欢愉

奶疙瘩

阿尔法想啃奶疙瘩，眼神抚摸奶袋子
奶膀子（棍子）
旋舞的木梯上，奶袋子目睹
一口熟性的锅，煮开沸腾的奶子
魅色，簇簇黄水，浮起油油的静美

奶子，好肤色
齐头，奶袋子
在晃悠的腹腔中浩荡
阿妹胳膊，妖异歌谣一曲
萨巴、萨巴
酥油的力气，浮上来泡沫朵朵
精液下的沉淀，与盐巴亲吻知足

巴土儿端起锅，漾出
额尔科特：甜美如蜜

毡房

阿嫂，巧搓羊毛绳
状态，卷成
一道唯美的铁索连环画
再搓鬃毛
为毡房，挂壁画

芨芨草，织成根根秀木
染色，直立
肉体护卫，不求高度
愿景，透气毡房的根部
落成，一座白馒头
呼远方的燕子，来搭窝
戏女娃的大辫子，为牧区点亮灯火

骆驼蓬

返青季

叶片互生，花单单在枝端

长大分裂姐妹花

大妹嫁到山坡

小姐，住在河谷

互补情感

嫁入国门，分布一带一路

十月入药，治愈运动员关节

冲向世界

榅桲

十月，成熟

表面，有层

似孩童的毛茸茸

外貌，似男娃娃

与库尔勒梨，称兄道弟

味美，散发浓郁

与甜心苹果，貌似姐妹

歌唱十月瓜果飘香的季节

杈粑果

红透的脸儿

猫咪的头饰

钙质，高于维生素百倍

磷含量

穿越了，蟠桃的数据

心形，娇媚相

总长着爱情的样子

在果园，穿越万种风情

猫屎瓜

紫色的嫁衣
容颜，形似猫儿的肥料

山里，数一数二的野味
是鸟儿的专利
甜味，与蜜蜂做伴
做成果胶，送孩童
制白酒，送新娘出嫁

果酱、面包
是一家
新郎，取猫屎瓜开天辟地
紫色，多汁水
诗意，十月新娘开胃

礼遇

做客，当骑马来拜访
速度，慢走
到房后，下马
做客，是圣洁的
盘腿，毋伸直

用餐，不打哈欠
样样，称好吃
喝茶，底朝天
饮酒，仰天大笑
吃馕，一块一块掰着
出门，在主人后面走礼节

情感顾怜“肌肉男”（马儿昵称）
颠簸一马平川
七匹马，奔腾节拍
狂热一首，骏图

途中

“闪电”（马）的响尾，在拍摇摆
牧民，甩下一鞭子
抽到淑女“麦寻伊”马蹄上
长啸一声，围着六千万平方米
检验牛羊的野味生活
出工时，同挤酸奶子的甜蜜

马子（赛马）

阿尔沁（父亲）祈祷
儿子的成功
马子得第一
是哈萨克族的风俗
马具、马叉子、套马头
马鞍子
马子的前奏
嘘，要安静
马镫子，毋庸置疑
是同族兄弟的拜访
传递，兔年的冠军
传承家风，遥遥领先

送马

读书娃
骑马进城，飚风景
一条狗，尾随
说辞一人一匹，气派山河

今儿，驰骋
父王赏赐的是
叮咛
练驯
前蹄立文风，后蹄摔傲气

风儿质问，助其啥本领
马儿的笑答，是未来可期

短尾猴

挑战，出生与死亡的博弈
是猴王，在顽皮的家族
常年的把戏
个体间，发生纷争
是亢奋的互动
攻击后的行为即刻化解矛盾

春天，开启丰沛营养
雄性猴，青春期
殷实的季节，隐藏杀机重重
战争的创伤同伴来舔

又一个冬季来临，难熬
冰雪覆盖山群，极寒的天气
那是要生存
必然展示猴王的温情，耐力

猴王不羡仙，冬眠的另类
猴王，与孩子们展开

对食物的扫荡

南瓜、残食，且是它们的食物

皮芽子

非遗，出土即文物

色，灿灿

你紫了，一生一世

又圆了，一双人

一解眉愁，再看春秋

“洋”名天下，“葱”香万家

你相拥万户

治愈，荤腥一流

为爱疗伤，剥开一层一层

梨花带雨

不放手，执着你

魅惑我

食之甘味

雪鸡

玲珑，挺拔
草，养育肤色白嫩
举动灵活，外貌
精气神，白昼巡山不歇脚
夜，还无眠
打鸣早，吟轻盈

栖息时，经营小鸟嬉戏
虫草，视主食
氨基酸，珍惜一生

待嫁的肉质，献媚食客
美体，嫩成一条
脆瓜瓜

雕鸮

橙色杏核眼犀利俊美
展翅似大鹏
栖息在平原、树洞、荒野

战斗力，立足天山
堪称空中霸主，也称“暗夜幽灵”
黑夜，独角戏：听觉
视觉：捕捉高处

农田护卫战士，灭鼠千只
专家笔笔是本心，护万亩良田
斡旋于狐狸、郊狼
是小走兽的克星

雕鸮凶狠霸道
专情之伴侣
厮守一生，繁衍后代
事实胜于雄辩

山岗上

风在山坡上，放羊
羊吻青草
秀气，数小脚，在新鲜地

风嗅探花香，醉双目
放眼望去，花花遍野山岗
暖风吹过前胸

羊儿一把抓住风，窝在手心
请你留在山岗，做春天的伴娘

山岗起立了，致敬风儿
铺开金色年华

风儿举起手来，吹起口哨
号召羊儿，齐躺在山岗
初心，不离山岗上

巴旦木

巴旦木，青柳枝，浅情
众望相思，天山的这边，常念乱
晚时的宁静，有睹物思人的美
又有影响秋日的魂牵

乳名：纸皮，又名：露人
有女孩的心思好薄的羞涩风味

巴旦木还有一个美名：鹰嘴
酷热味香，形体弯曲，色光滑
有男孩阳刚之美，里外长着爱情
你送她一枚开心，他送你一枚解馋
同醉俊逸笔触锋芒，内外兼修

刊载于《扬子晚报》

冬藏

冰山，松果、菌子
松鼠，做冬藏的备战
储存中，护佑搏斗

水汽倒清闲，凝成冰晶
森林大地，未停止运行
小木屋，灯光送出奇妙夜事迹
无限，释放

凛冽，未曾静止生灵的倔强
松鼠挽起，智者不争

大自然

在悬崖挂炉，煮水
湿地，飞鹤，立冰川
春褪去地表，变暖
闪电，开了个口子
大西洋吹来霏霏细雨
河谷，有接雨器
降雨，让大地也欢腾起来

穿过
塞外江南
云杉，乔木
从不挑剔生长的发育地
馈赠牧场、牛羊
肥水
新鲜的粪堆，长出朵朵水玉梅
孢子，吃进肚皮
与充足的水分，共蔓延

丘陵

丘陵，张开无形的手
风力
为瑰石，鬼脸、丹霞
震撼洪荒之力

风，记录雅丹，湖泊
恰似，水的自然
波痕，悄无声息

卷二　月亮城

Moon City

北湖之美，诗词添姿

（全国诗歌大赛二等奖）

一

春意盎然，心跳的脚步与鸟语花香
前行扬州刚落成的北湖
北湖像太阳，堪称为扬州神奇地带
所谓旖旎风光，北湖烟雾茫茫

北湖文苑一景，明清年间的诗歌高地
扬州清代广陵词派六十家在此聚集
阮元豪情挥笔《晓帆古渡》
晓日红满湖，何年可渡桥
今日的公道大桥，实现了诗人的期许

北湖文化讲堂，领携红豆词人吴琦
一句把酒作东风，种出双红豆
深受闺中玉人的喜爱
大型《归湖诗》，也在北湖激情唱和
孙兰、吴吟在其中

词派天下，借此光影珠联璧合
在这里，抹不去各类词派的风韵
徐氏家族，散曲至今广为流传

二

白马桥，横卧水波中
掬一汪思绪，调和水域的温度
绽开桃花的怡然，单瓣诗歌诸多
歌吹万里塘溪又一湖
天下西湖三十一，此湖（北湖）应为三十二
我与风儿妩媚白马桥头，闻听好声音
眼里的朵朵浪花，都是我前世的盼望
撩拨凋零的心，即刻开出了花瓣

三

寻莲社，人在潇潇水竹围里
盈天的莲花一泻千里
正如李清照“沉醉不知归路”
水里的红鱼，摇曳着丰腴
艳羡船头的画中人
体悟摇橹声里，不同节奏感
北湖栈道延伸荷花四季美景

别样红，是大珠小珠落玉盘
荷花永恒的艳影

四

夏意然然，流光溢彩
和北湖观鸟阁美美与共，举目顾盼
惊艳了文人墨客在珠水草堂
吟诵一行白鹭上青天
鸳鸯戏水、水鸟腾飞、野鸭欢吟
恣意欢跳着北湖的湿地美景

秋水伊人，抛来一枚橄榄枝
我簇拥到她
北湖的怀里，怜爱起
辽阔的水蓝蓝，挽起恩赐
撩思秋天的粉黛乱子草
描一幅明媚的山水娇姿图

秋收

秋水，笑响飘逸
与秋色美景永结金兰
枫叶红颜，犹拈岸边
南飞的雁，在空中舞美

秋风，坚挺凉气流
催熟稻香，咏叹三世情
麦穗颂词一帘幽梦
拟说美学篇，即秋收

刊载于《扬州晚报》

秋夜

秋夜，与月光对白
您说，我很文艺
可写成抒情诗
甜心，似巧克力派

秋夜，月亮辗转反侧
似蝴蝶蜕变
与饥渴，住流星花园
走复兴文艺之路

甜梦里，水乡恩泽
短小精悍的构思
与波光，与蟋蟀醉美

刊载于《扬州晚报》

芋头苗

芋头苗，个头不高
为金秋，添色
凉风，取出画笔
写悠长的思念
芋头苗、绿地，刻骨
合拍，一生一世情

芋头花，形似鸡冠
在树木掩映中摇曳
媚态，呼之欲出
秋收在望
一枚铁锹从金土地里，挖掘
咖色调芋头籽，一串又一串
姿色，仪态万方

姜

养鸡，好帮手
用生姜
又肥又健康

鸡仔，保健有妙法
感冒，生姜配红糖
暖暖的，天然处方

鸡仔，萎靡不振
韭菜，生姜组合
开胃，相思病一场

小院

浅夏，漫步云端
小院，芬芳馥郁
百合花醉诗意
青梅，羞红了
一抹绿，又一抹绿

遇见昨晚的露珠
木棉花摇头不语
梦很短，情绵长

刊载于《扬州晚报》

红叶，飞歌

红叶，从低谷腾起云雾
烟雨蒙蒙，择怜相思之苦
秀红尘情歌，携程
滚滚长江东逝水
叶儿哭泣，似小舟
灵动江心，翩然
桨声滑润一行鱼儿戏小舟
虾尾儿，简爱着红叶
心思，神奇妙笔生花
向东，向前，向左右走

刊载于《扬州晚报》

赤橙黄绿青蓝紫

赤红点点，迎桂香

橙子挂枝，津酸甜

黄叶儿，泽染秋

绿色再次，情绪昂

青陌上，添锦朴实

蓝图携白云，凯歌

紫薯出土，为拜月唱词

月圆花好，人长久

刊载于《扬州晚报》

飞渡乌江

1935 年红军向贵州川南挺进
在龙场渡口，强渡乌江
为红军赢得休整时间
眼前的乌江两岸地势险恶
红军在乌江的上空
架起了摇晃的浮桥
在江面编起了竹排

敌人的炮火疯狂扫射
子弹在红军的耳边头顶上呼啸
江面上溅起浪花千层
江水，打湿了红军衣服
鲜血，染红了流动的乌江
红军，依然没有停下脚步
与敌火拼的是胜利在望

刊载于《扬州晚报》

夏菊

夏菊，眉心放声唱
在夏的气口吐芬芳
在夏的心窝
为暖字，翘楚凉爽

夏菊，也有不如意
两处乡愁提起
枝头的马头琴
放飞西北民歌

刊载于《扬州晚报》

百合花

百合花散叶上
葱茏依旧
黄莺鸟，啼笑皆非
说小年，百合花断了弦

夏风，为百合花庆生
支上一组架子鼓
转瞬，百合花枝头
绽开一支双人舞

刊载于《扬州晚报》

母亲

母亲临幸八分地
四季风里，培植传奇
冬季恋歌春之曲
瓜苗，摇曳着稚气
紫茄，烟花着三月
黄花，拉长边缘线
在夕阳中，描摹晨曦

豆角、露珠更换新芳名
绿叶氤氲双学位
金土地里，塑刚毅
当说麦浪滚滚情
在起伏的日子里怀柔
红椒，也升起烟火气
如影相随

刊载于《扬州晚报》

早春

春，腹有诗书

兴于池塘烟柳、麦苗青梅

风筝蝴蝶齐飞

耕耘山未孤

日长的画面感

馋着热切在天地重叠

粉起火辣情歌

与神仙，宠万象更新

刊载于《扬州晚报》

引江河

引江河，水为屏，既通航，也旅行
近观粉墙黛瓦，亭台楼阁
尽显凤凰引水，美轮美奂
放眼江面，西江留有空白处
那是一场追夕阳大戏
夕阳醉了，锦绣引江好

浪花播放逍遥自在，携百花朵朵
与漩涡处投一个波心，引航万吨大轮
开来百年好汉歌，不入长江非好汉
货物抵达水上公路，不抛锚
新航线，再定引江河
讲着水手的故事，郑河下西洋

引江河称致富河，人与自然和谐共生
得知，南来北往的长龙船只
接单有红有绿，巧手叠起千纸鹤
对舞岸边梅，你暖冬一季
我爱你一世，我倾诉，情定引江河

因有鸥鹭点点，点出引江河水质清纯

能瞧见，软泥上的青荇，油油的在水底招摇

爱炫耀的水资源：鱼儿，体态丰腴，清澈可见

随同被引的水系，愿为润泽北国，奔腾，奔腾

刊载于《江苏经济报》

眺望台

眺望台上，观摩一派江景烟波浩渺
看不够百舸争流，乘风破浪行
又听河西，传来钢铁工人的呐喊
船厂的塔吊红，在云端摇曳催人奋进
深情的引江河，激情敞胸
引渡万吨大船，在怀里试水
修得滩涂景，一幅繁荣美画卷

现代化航道闸，开闸时欢喜着热烈
航道员，点击着愉悦的线上引擎
引来长龙队，靓丽的救生圈，圈圈点点
点亮了运输船只的数据，提升价值论
是腰姿，独舞水上芳华立潮头
数说，秋收幸福季
推波水上公路过往船只，无脚走天涯
全凭，撸起袖子加油干
起风了，波涛汹涌似战场上的千军万马
激情航道奋斗者，学习二十大豪情壮志

三月潭水上乐园，秀足了美色

枫叶映红了水波

水鸭即兴舞芭蕾

芦苇塘，翘楚枝头

芦苇白，逐梦飞天揽月

这秋色，丰盈我心，欣然

赋诗礼赞：秋之韵，傲娇

引江河水域之美：美美与共

刊载于《江苏经济报》

樱花园

引江河水，有樱花佳丽二百枚
薄纱下，若隐若现
飞红依依，春意浓浓
这绝代天资，是一处樱花两处红

引江河水，把飘落的花瓣巧制成锦盛香囊
飘逸的幽香也艳丽，呼应飞鸟齐鸣
你来我走，赴一场春天的妩媚
蝴蝶，花蕊，争先抢镜
依稀可见，樱花艳，却无香
那诗意依依然，回眸一笑百媚生

引江河的水珠，飞上了岸
怡然着，羞涩的樱花落幕无期
抬眉时，粉色红晕恰好芬芳
走来的又一拨俊男、靓女、专家
还有无数学者，均以为樱花仙子
让众目寻觅胭脂红，艳羡朵朵开
定格一个激情戏，演绎两方爱意

主题：枕着引江河的名字

入戏

刊载于《江苏经济报》

瑞香花

瑞香花，凝翠西北风
花苞紫色登绿屏
若问南北东西花瓣叶
侃今朝成香，醉我几场？
艳幽兰，柔黛尔

宾客纷至来嗅探芳香
一袭瑞香花，似赛里木湖海花
粉色一袭芳心，今争重逢

水鸭闹春

早春，染绿波
水面开怀，点活嫣然
吐露香甜的蜜汁
美颜，芬芳满塘馥郁

诗说，波暖鸭先知
鸭，艳丽一池云锦
在波心游弋
可闻亲亲俏皮话
推出涟漪
其最美元素，当是兰花指

文创之美

文创，大兴师门
风采，五花八门
缔结文艺生创新奇妙夜
朗朗眉宇，坐拥书城
描图学贯中西

手舞演绎，年少书香能致远
寄语，翻飞笔记
书签一枚
足以为校园书屋
卷帘

刊载于《扬州晚报》

书香

校园里，有一个最美的地方
那就是图书馆的模样
不忘初心去体味书香
摇曳的红烛把书照亮
书籍就是一缕阳光
字和句助我读懂理想
历史开启了荡气回肠
遨游的航船开往前方

生活中，有一个最美的天堂
那就是图书馆的模样
温故知新在书海翱翔
牢记使命去共筑梦想
书籍就是我的老师
一行行写满诗和远方
文字的春雨润我双目
跳跃的心房驰骋远方

谷雨

谷雨，大爱
触角，启唇
傲然一场，要风得风
更迭，纤素衣衫

新茗落座似莲花，嫩绿了柳框
茶农看白头翁戏雾水，落红芳草地
听一曲，雨落倾国倾城

樱桃树，根出须臾吐蕊
牵手麦苗，秀
大白鹅踏池塘
嘎大美新疆

普哈丁园

筛海巴巴，踏浪而来
定语雄株银杏，展枝繁叶茂
四季交替，子孙流连忘返
清秀，许诺年年又年年
邀天地见证
丰盈运河边，地老与天荒

定性雌株银杏，挺拔四百年生机勃勃
粗犷的雄株，对视而存
雌雄银杏，秀相亲相爱
抚枝上，求多子多福
春的絮语，夏的葱茏
秋的华丽，冬的消逝
银杏丽人，在高岗上迎客
在幽静岁月里，再叙华章

梅花

腊月，梅花正值青春
诗人，收集梅花泪
得诗一组
画家，颤抖着提笔
画梅，一朵两朵三四朵

小年，飘起雪花朵朵
雪花，献躯体
做梅花的宝座

除夕，书法家把你的底色
作秀
那样的红，神态自若

刊载于《扬州晚报》

向导

鸟儿引着向导
细烟似的枝条
悬挂，微红
看景的人
颜悦，驻足

麦杏舞动着妙龄
食五月，待黄金甲
方盈浅笑，麦子熟了
味才甜

军营

一间方寸，悠悠伊心
说是书房，是也不是
美美独处，阅读寂静不孤单
悦二人世界，纵横天下
读夜幕下，芬芳岁月
书来颜值，字来写生
军营生活，定格好自我
女将在外，军令有所不受
爬藤蔷薇，在攀缘
长势，势不可挡
激励伊
嘀嗒嘀嗒耕耘文字
拐弯换行处遇见
用云朵儿交换的浪漫
光影生辉
牵引心思的引力
互留着甜心
阅读天地，精华为见证

攀

架上
缠绕攀登的绿藤
向信鸽发出
醒了叶的柔

露珠儿，借夜莺歌喉
滚动着少年的骄傲
吹响青春的集结号

咏藤条，蜕变水秀
振臂起飞
非偶然
微妙花，盈枝桠
恋曲，妖娆假山前
出细水，流淙淙

无题

万条线里，素心眉痣

点亮了街心的古典

青青草

种在条石的墙壁上

不尽一丝豪言壮语

千次求爱，长在悠长的雨巷

留有丁香的芬芳

回应在绚烂的屋檐

留有玉蝶

涌动……

三月

三月小雨，嘀嘀嗒嗒制作诺言
树欲静而风不止
花飞了，心碎了
山腰哟，肥沃了杜鹃粉
布谷鸟再次鸣翠滴血青春

笑靥，挂在了虚空
云为伴，给予
李龟年写诗给果实思考
分娩时慰藉
哗众取宠的梦中人

视角

俯视，春天一幅多视角
揽胜万里河山风貌
居高临下，得出
仰视，强者抱火
嗅春江的汛期

花的凝视，称为荡漾的多维度
美感，电解了偷窥
河道，行破冰之旅
帆点，萧瑟的悲悯
驿站，机械的回转
淹没惨淡，余音
翠叠鱼满仓

葱

心思，在劳动中启蒙
俏丽花粉，挂在树梢灵动
在丢手绢的花园
不种花，不种树

种一株青涩的米葱
在鸡汤里，流动风景
惊艳伊胃的梦
长成米葱似的十指尖尖

暖

拂面的暖，沁沁我心
不负春光
在院里采集重叠的美丽
微辣眼神共鸣

拉风季，不负韶华
与暖，昧昧情思
说一段明媚的相声
赞，异曲同工之妙
揽胜、挖掘、再登高

读诗

我喜欢读诗
但从不写诗
我怕
我的思想肤浅
我怕。缘何？

哦
我的文笔，幼稚
但是人类，又离不开诗意
正如，孔子曰
不读诗，何以言？

何许

和谐的车轮，与春天一起诗悟
独库公路，西域接待大使
海边，存着山丹丹开放
杏色，读懂峭壁上的心爱

东域，小伙赶路的视角，赢在光阴荏苒
欢腾吧，救赎相对里的相行
细察春天的芭蕾
独舞匍匐前行的飞鸟
稀缺物语

你有解药吗

春天，是一位姑娘
她却鲁莽地，开怀大笑
缘何？哦，她笑江湖
说口渴
却不喝水

今晚，她像极了一名疯子
喝了一缸酒
迷醉着问大地，你有解药吗

风儿，推了她一把
喝酒，只为遇见快活
它，本胜过解药

紫苑

似菊，非菊

博得采花大盗

采一束花卉走天涯

寻觅梦中人

波状

密集着他的多情

走遍天涯

脚根，干燥

为特有资源

为大地爱情，疗伤

惊蛰

惊蛰，预报首声雷鸣
说，春雨贵如油
润了柳树
醒了草地
似水的年华
当春乃发生
幼苗，一下子蹿高了个儿
睁开火辣辣的双眼
看，开放的春色脱衣

春雨
催熟了万物的灵动羽翼
引来毛毛虫齐飞
在花径上歇脚
听花开的声音
修辞雨季耕耘良田
鸳鸯谱点红豆、泥土
邂逅

追思

清明，秀一道追思爷爷的风景
竹篮儿，行走在芬芳的田野
一束素丽的豆苗跑上灶台
嫩嫩的面粉，正在等待
寸寸思念与绵绵飞雨
交织成爷爷小酌的酥甜

清风，展开一张清丽的歌词
琅琅发声
肃穆的画面中
作品，陪爷爷眼若含愁
唱和一曲
岁月静好

暖暖

你，这样一个温暖的人
没有谁能看见你的光芒
你，把对世界所有的爱刻在窗户上
你的奔波与劳碌
是夜行的灯

寒冬，终于过去了
阳光，将铺满你的大地
所有的花，将为你开放
所有的快乐与幸福
将陪你一起走进这个盛大的春天

鹰笛

阿迪莱站在帕米尔高原
握着鹰笛，吹出
坚强从容的力量
音色，装饰
一件高原红，在检阅
春风，拂尘
胳膊上的，帔巾
飘逸着，仕女
那圆圆满满的
粉彩

刊载于《江苏经济报》

波斯猫

主人在走，波斯猫乖巧随从
风景线，羡煞旁人
走一圈，俏丽的月亮村庄
口袋公园里
鼠辈举案齐眉，西餐
鳜鱼，徽菜系
波斯猫说，不是它的传奇

西域，膜拜波斯猫的斯文
迁徙自成一体的猫步
步入棉花地松土，耕耘一分
高空作业的雅致
善意的动机
读懂天山雪莲下凡
与波斯猫嬉戏

刊载于《江苏经济报》

殇

十年磨一剑，双刃剑
再现刀光剑影
再现扬州好人
一直是个好地方
撑月亮船，入省协

好人，本是手足情
诗人，当船头逢生
诗眼，当生生不息
扭扭脚尖尖，唱熟的碎步
在摇橹上，掌勺美味之城
柳暗花明又一村

评论家

一场喜诞
没有讯息会
没有研讨会
没有分享会

赠予，里程碑
入地细无声
牵手，获一册评论

孙君非义务，却是主流
启迪，文学盛宴
评论家在前，烹饪
不负韶华，只争朝夕

收成

一部，专著
翘楚，一场专家组的反馈
喜讯飞来，省城的潮起潮落
花落谁家，一锤定音
必然，悠然，也怡然

科研，最高奖
文案，厚积薄发
刹那间
西域女生，自渡
与尔同醉

牵手

红石榴家园，有格调
五十平方米，方寸见真情
三部曲工程，即刻来创建
和谐号，在春天吹响
红色家园，润泽民心

红石榴读书角，点亮万家灯火
林立的书架，成立文史、工匠
诗歌赏析，散文百家

爱心服务站，是矛盾的和谐地
吹拉弹唱，释然“仇恨”
一笑泯恩仇

馆刊

创刊 2019 年，引领八大类
吹响主题，冲锋号
奇异，是唯一
亮点，飞出书本里的笑
一路高歌猛进

他山之石，可攻玉
中图会，最高首席官
国际图联，国内知
每每读此
读出，芝麻开花节节高
卷首语，突出新意
千古知音，今日啼

摄影社团

新手上路，行稳致远
美图，配文字
视频，配音乐完美无缺
士别三日，当刮目相待
抖音，抖出了新奇
翻过一页又一页

社团女孩，少至凤毛麟角
一笔写前世，一笔写今生
打拼，说一回事
互惠互赢，关键词，不脱粉
粉丝，也可青梅煮酒
抖音，抖出最前卫
疗愈，职校生
奋斗者，正青春

贝纳颂

你走了，犹如你轻轻地来
配方，封存日月潭
珊瑚颂，也唱不出你的渔舟唱晚

寻宝，私信难觅千载难逢
昨，你再现灵魂
快手速派，久违

惊艳，未带云彩
苦涩，再现苦尽甘来
贝纳颂，曼特宁口味
萃取美人与共，不请自来

藏

把欢喜，压在山脚下

与孙大圣做伴良宵

美景

是活跃的分子

在如来的手心，合并同类

做山雀，学扑棱

扑救天际线

缝合大山的边角

引吭时

低吟一曲，天边鸟哟

奔腾，海茫茫

IP 版权

著，葵花宝典一部
或分享
或珍藏
或缤纷
或抵，上层徜徉

有生华年，泪花走出书房
版权，当握手上
分享西陲
文化、在文旅融合前沿
续辉煌

大头红

红姑娘，做出一道
佳蔬，红烧菜
烧出一锅肉汁艳红

脆生生的
称人参，做汤，艳了眼尖食客
嫩白，水润
炒熟了情绪市场

切一碟雪丝
怒放，姿态，柔暖
摆开，奇葩菊花宴

野味

初见水果花样百出，花式创意
色诱味觉甜、酸
掠美
维生素侵入体内
味蕾瞬间绽放

笋，扮嫩、扮鲜
代言乡野自然符号：鸡枞
简明，味鲜
大自然馈赠的山间野味
保障人与山河为伴
食材，在山里次第生长
神仙味觉，口舌生津，汁液饱满

野猪

野猪，也有烦心事
河道、小船
鸟儿为它解忧

野猪，欣然啃着芦苇
享受着嫩叶的青涩

飞蝗，虎口夺食
片间啃食殆尽
光杆司令

野猪，移栖息之地上小船
在船头安家，看鸟类捕鱼
看丝绸之路上，开拓睿智

机翼

飞雪，分娩黄金体
转嫁美婴，飞空灵
山脉，也玲珑它的神韵
辅佐少女梦工厂
俊逸少年，启迪灵魂
工程横跨山川、飞越河流、穿行原野
寄情无声芳华，共勉

机体育满霜花，逻辑论正确
追云端，冲雷区
护卫易碎之躯，淬炼设密之门
坚韧机翼之尘封

品茶

惦记意境，做客山林
闭上眼，凝思杯中茶
细品大山的抚育
听风，再现往事繁华
思土，取得的方式是生存
看水，亲近了杏黄的沉淀

此刻，读懂茶的天地
也诉完，同座烟火平息的形状
爱哭的朝气，乘风破浪中
将天地吞下，丰饶的滋味里
守望，喝下对树叶的语言

做自己

我是金丝雀，富裕
飞行时，迷失了自我
走进了牢笼
我抗议，我是富家子弟
我要呼风唤雨

忐忑的我，无疑寻求了无语
我已想好
做一个自己的辩护律师
民法典的主题
做好我自己

酒

一年三百六十五个夜
伊爱怜你，二百个良宵
酒意，沾湿了香唇
一壶，走起仪式感
双杯，赞亲人福安
豪气入玉体，励志虔诚

零点，何不栽妖异一场
打坐喧嚣的大排档
梦境，吹响了雾春的集结号
晨曦，目睹万紫千红总是春

网络小说：重生文

本质，给主角开一张后悔药方
动机，在一个时空里凤凰涅槃
主角：夏洛重生且重返花季少男
开启歌唱人生

再塑人生巅峰，做一名歌手
博取新欢的爱
拨弄最爱的琴弦
求校花，做红颜知己
获取歌唱事业，爱情
双丰收

网络小说：都市文

现代言情文，何以笙箫默

主角，以仙子魅力

传奇一部

童话故事

甜美女郎，冒失了身份

当揭开，重重情感机关

一根红线签约，喜鹊情缘

修成正果，是完美超越

才艺

伊展才艺图

九碗精灵，摆成一座山

丸子是第一菜，为山顶

二三四，为山腰山底

定格在后，依次派对

一碗菜，一风情

看南北东西，九碗成三行

丝丝素丽，诗意甘愿

九碗三行子，碗碗里来，皆是如意

刊载于《扬子晚报》

秋月

2020 年，盛世美颜
金桂，银桂
与月亮签约菊花台
唱中秋，婉约月亮城
月晕以瘦为美，羽裳飞蝶恋
伊展下针提线，刺绣美

伊，披上红妆
在月亮船上打月饼，煮红菱
玉好人，把酒言欢，剥蟹吟诗
赏朗朗乾坤，月色盈盈

刊载于《扬子晚报》

三角梅

燕雀之灵，枚举高高
圆圆数枝梅，角梅兮
弄湿了晴空，携秀暮春
锦绣堆辉，绽放俏皮

蓝兮，茎有弯曲
单页，生出火焰
星耀满天其华，交汇云霄
风息来，确然伊痴

刊载于《扬子晚报》

落叶

诗人的眼界
是宽阔的
境界的高下
是情感优劣的分页

花木，更迭诗风
如，人世间
看生老病死，是必然
笔触永恒，当从容淡定

衣物

诗人感受，亲人的牵挂
是浓重的寄托
读来，周身热血沸腾

衣物，代替见物思人
交替生前的光影
静态的，恰好
丰富了离世的馈赠

文化符号

你的符号标签上
写着诗人的芳名
诗歌的责任
是传播文学的温度

形成，自成一体思维
独特，不可复制
再创，一座天外有天的
理想国

回归源头：诗经

回归源头，抒情的本质
伊，性情中人
你，勿轻描淡写

诗人，亦师亦友
酒至半场
必朗诵，所谓伊人
在水一方

人

柏拉图：会吟篇
读出真理
幸福生活
本是，圆满型
四手四脚
多情的宇宙
劈出，两半
男人找恋人
恋人是女人

维度

相貌，忘不了卧室
流逝，令人伤感
美
不可方物
寄语

花朵，亦美人
流水，不坚劳
歌唱，一首挽歌
玛格丽特都拉斯
撰写的情人

吓坏了

他看着她，吓坏了
人工花
好素净
能温暖，咫尺的狂野

郊外，住着一座
宗教楼，挖掘简史
美指，还原一首口语诗
他终会回归

茫茫

站在苍茫的大地上
体会孤独
前无古人
后无来者

笑问你，从何处来
又往何处去

伊，依附身体里的记忆
唤醒一场没有主角的旅行
沿途，有新意
激情伊，舞蹈一曲
茫茫人海，回头望

诚信

诗人，真诚放首位
浅显的道理，诗行里
有启蒙

固执，真不好
也不易发表
记忆，有一张书签
再打开真诚
动情的转折，书写胸臆

怒

普通人，也有故事
巫婆，用眼镜
作法
神奇

伊戴上印度派耳机
聆听
枕边情诗
你若入凡间
可见证坚贞不渝

高度

遨游，世界之窗
为辽阔伊的视野
疗伤，愈合
青春活力

回顾城市客厅，匹配一幅
优质奖的画面感
传神
灵魂之花，缤纷延伸

羽毛

拔一根羽毛，牵动
沉痛，血液里驰骋
与血管做交涉
穿行，蜿蜒，崎岖

皮肤，是大家族
家政课上，训斥
好自为之，爱惜羽毛
执笔，命运共同体

苍白

情感，一直是情绪在歌唱
节奏，音符关联着梦想
迷上，一道风景线
相约，康庄大道上

现代派，有朦胧诗
深情阅读
苍白的口号，被辞退
百年来，跳跃起来的是专情

自然哲学观

诗歌，从万物入手
细微的小生物，颇有灵性
和诗人，对话情态
本身的哲学观
与诗歌自称高格

创作一辈子，难发现隐秘
呈现时，恢复了古老精髓
神灵，经过朴素艺术的洗礼
举手投足间，皆大欢喜
和谐交流，自然芬芳艺术美

霜

沾染了，无情
且有了美感
乌云
遮不住云彩

深秋，即将冬眠
花儿，抹了一层轻纱薄雾
忽隐忽现，多了一种意境
会焐热，冬的摇曳

伤感

伤感，脆弱着玻璃人

美感，跳起回旋的舞步

真情使劲儿，糅合

一体化

同日生长、同时展开

缘何撒一把盐巴

味觉静待

月光晚餐，甜透心海

诀别

心跳，即语言

韵律，平仄

跟随，品尝一场酸甜苦辣

一抹绿，渐次打开

伤痛的心儿，已晴朗

美，是艺术的造诣

喜色

乌云放手，与眼前人脉搏

净化真爱

与毒素，解聘、掐断因果

爱到天堂，欢爱

木偶戏

爱情，就是木偶戏
互动起来，旧爱也活力
观众，懂爱
喝彩，一生只爱一次

爱的金句，铺设锦绣
银河桥上，喜鹊
解读了本身的白与黑
合成的爱

倾诉

倾诉，寻寻觅觅
吻戏，也无力
茶梅，又开花了
谢幕，最迟也会是春天

心思，在书页里展开
背景是绿叶，红花是远方
住在包裹里
等蜂、等蝶，来授粉哟

清澈

清晰的界面，歌唱流淌

跨国交易，是一把双刃剑

诱惑一场情感盛宴

偶尔装腔作势，偶尔打开诗的门

打开一个人的灵魂深处

依赖于呈现，非含蓄

清澈，姣好

绝不与浑浊自成一体

深邃

伊，代言波斯国
可贵血脉
躯体里
珍藏珠宝的美丽与传说

信使，虚无渺茫
也满满的，承载波斯献宝
的尊严
画面，一双有艳波的深邃

卷三　忆华年

Reminisce about the glorious years

评析：八行诗

绘画的方式，留有空白
纯洁无边的河流，是一种意境
或简约，或深远
或欢聚，或抽泣

岸边的野草啊！风吹，即动
不分黑夜白昼
与流淌的生命，孕育向前
与日月碰撞，闪现其光泽

忆海子

伊，学海子
做一个幸福的人，种菜

海子，您却投身铁轨
使伊，又茫然去劈柴

伊，卧在铁轨
思念你的释然
不见大海春暖花开
春暖花开不见大海

暗香

水鸟

住在岸上吃草

鱼儿

笑它是只离心的蹦蹦鸟

青春万岁！好好

容颜，飞舞飘渺

唯有暗香，真好

不争不闹，押韵即不恼

心灵驿站

左手作法，右手涉密
读者，驻足心灵驿站
摩肩接踵，争读第一

诗歌，是艺术品
流畅绣花一样的针脚
注定，下针提拉
见证生动，秀一场凝聚走心的
阳春白雪

真谛

鸟语，飞越真谛
俯瞰，阳光地势
鸟飞，飞天涯
为种下草种，数枚

仙草，灵性着
惊奇，汹涌一片
风，吹开一把钥匙
鸟垒巢，繁衍生息

芦花

芦花，白了头
说为奶奶的胸口
缝个肚兜捂心
说娃娃，也要入冬

芦花，懂怜惜
做个被褥，热热炕头儿
娃娃饱饱睡了，红红的脸儿
唱着西部版，信天游

江南

伊，好陌生江南哟
阿妈说
与春天约好
与江南握手

伊浪漫，独坐运河口
看简洁的小船，荡悠悠
风儿，乐意为它拉纤
云朵，为它航行万里伴奏

呼吸

诗歌，是一种精神呼吸
是艺术的分娩者
是诗人精神生命的延续
是灵感与事物的契合

是降临，为表现意象
是冲动的蓬勃发展
似脱缰的野马
奔赴沙漠心脏，策马大喜大悲

美与丑

美曰

伊是雪花，伊好美

好美，美到伊心

丑曰

我很丑，但能牵上伊的手

伊，美的化身

在我的眉宇，点了颗

伊，送我的美人痣

才情

才情，是个体的云彩
云彩，走过了春
又走到了夏

秋，打开时光留声机
播放斑斓之歌
冬，甚是喜欢
以为，添了些才气
细描出，一幅银装素裹图

刊载于《扬子晚报》

辩证法

道理的阐释
一个在天堂
一个在地狱

偶遇
一个想飞行
一个不停止

徜徉，是本然的直白演讲
演讲，是直白的本然徜徉

刊载于《扬子晚报》

旅程，不可复制

旅程的扛鼎之作，再现
触及了，艺术灵魂来审视
山的厚重，深刻，幽玄
水的灵动，澄明了朦胧的清澈

诗性的达人，不吝才气
不吝饱蘸浓浓的诗意
倾心为八行诗，撰写诗意
旅程，不可复制

天性

诗人的天性，似幼童
降临时
双目，未睁

饥饿也是天性，寻乳头
的甘甜
性情，挺起分娩的坚韧
送给啼哭
吸吮

设计一场爱

魔化一场蒙面游戏
视野，已经被封杀
嗅觉，黑暗
使用穿透力

气息伸展援助力
设法，拉近了呼吸
一波，又一波
在咫尺，拒遥远

像

像幼童一样，演绎稚嫩
布娃娃，抱怀里
扎一对羊角辫
致敬草原母亲

草原母亲，好好温暖
她抱起马头琴
调试乡音
琴声，拉近了主角的探访

叮咚快递

农贸市场，少了活力
熙熙攘攘的小贩
拨弄着，蔫了的枯黄
与花花绿绿，诀别

大数据时代，在线上
一双玉手下单快节奏
线下，叮咚快递
只需半小时

微笑，似一只暖瓶
热乎着，美味的全家席

红线女

红线女取来，女工盒子
抽出，缤纷的
一团一团的线头
来补男人的衣衣

红线头好矫情，我不是你妻子
为啥，专情
红线女酒窝浅笑它，极幼稚
你我，前世就注定了缝合的姻缘

谈谈微型小说

涉及创作，微型小说
不是一两天
特色，一千五百字
螺蛳壳里，造教场

三五人，也可行文
精选：凤头、猪肚、豹尾
情节真实，又要新颖
结尾：妙不可言，要抖转

感言

邮递员送来呐喊

一张黄黄的牛皮纸

落在伊的掌心

细读，是《金山》杂志的作品

飞来的喜悦，不是淹没的结局

流浪的文字，学会了登高望远

不惧法海水漫金山的恐惧

救赎创作，从这边游到那边开战

风筝

红线送风筝，飞到海南岛
又飞到海鸥岛
风筝，海鸥上下舞蹈
海浪袭来，风筝绕上椰树的长颈

椰树一夜暴富，上了榜首
风筝辞行了南国，泪眼婆娑
再飞亚马逊，新路线
富裕了，春天一道风景线

套娃

圆圆的脑瓜子
柔化点点诗意的头巾
美妙的气息
聪颖着，妇人的智慧

怀里
即刻隐身出分娩
痛与乐，在日常中
诞出可爱

木棉花

扦插，一株
清明节的眼泪，木棉花
大地，刻上你的模样
我在早春岁月
初识你，我们许下诺言

你在风中展叶
我在相望
你单薄的衣裳
我的思念，有哭声
像一把刀，刻出你十月的繁华

冷雨

冷雨的忧郁
未影响春季发芽
桃花，开过，展叶
在凛冽的风中，构思

冷雨的老道
打开桃胶的芳华
晶莹，述说满园的彩蝶
舞蹈桃花结果的匆忙

心术

心，受了惊吓后
收紧了，狂妄
美学，讲角度
讲精粹

人，是有大主意者
时刻，想呼风招摇
我想，简化
能安放一首诗，极好

人生

人生是一道题
我选择强者
夜深人静时
我把心，血淋淋地掏出来
缝缝补补

一觉醒来，信心百倍
遇山开路，遇水架桥
原谅一切，便是重生

情，这个鬼东西

真情，太深奥
流动词语的华美
痴情，太深度
迷茫着，多数群体的伤怀

伤情，似一本“有毒”的书籍
闹情绪，还跌跌撞撞欲说无语
浅尝苦涩之爱
体会清香斋里，有真情

侧面

没见过，也想见
是个侧面，灵魂高出
一副墨镜
遮住了天庭

见过了，没记住
笑了，没笑
看视角，侧过来半角
善，在微微地笑

刊载于《扬州晚报》